I0556973

# أنيس الجليس

## الجزء العاشر
### من قصص ألف ليلة وليلة

جمع وتحرير: رأفت علام
مكتبة المشرق الإلكترونية

صدر في يناير ٢٠١٩ عن مكتبة المشرق الإلكترونية – مصر
تحديث أغسطس ٢٠٢٣

# Table of Contents

# الفصل الأول

كان بالبصرة ملك من الملوك يحب الفقراء والصعاليك ويرفق بالرعية ويهب من ماله لمن يؤمن بمحمد صلى الله عليه وسلم، وكان يقال لهذا الملك (محمد بن سليمان الزيني).. وكان له وزيران: أحدهما يقال له (المعين ابن ساوي) والثاني يقال له (الفضل بن خاقان).. وكان الفضل ابن خاقان أكرم أهل زمانه، حسن السيرة، أجمعت القلوب على محبته، واتفقت العقلاء على مشورته، وكل الناس يدعون له بطول مدته، لأنه محضر خير، مزيل الشر والضير. وكان الوزير معين بن ساوي يكره الناس، ولا يحب الخير، وكان محضر سوء، وكان الناس على قدر محبتهم لفضل الدين ابن خاقان يبغضون المعين بن ساوي بقدرة القادر..

ثم إن الملك محمد بن سليمان الزيني كان قاعدًا يومًا من الأيام على عرش مملكته، وحوله أرباب دولته، إذ نادى وزيره الفضل بن خاقان، وقال له:

- إني أريد جارية لا يكون في زمانها أحسن منها، بحيث تكون كاملة في الجمال، فائقة في الاعتدال، حميدة الخصال..

فقال أرباب الدولة:

- هذه لا توجد إلا بعشرة آلاف دينار.

فعند ذلك صاح السلطان على الخازندار، وقال:

- احمل عشرة آلاف دينار إلى دار الفضل بن خاقان.

فامتثل الخازندار بأمر السلطان، ونزل الوزير بعدما أمره السلطان أن يعمد إلى السوق في كل يوم، ويوصي السماسرة على ما ذكره، وأنه لا تباع جارية ثمنها فوق الألف دينار حتى تعرض على الوزير. فلم تَبِع السماسرة جارية، حتى يعرضوها عليه، فامتثل الوزير أمره، واستمر على هذا الحال مدة من الزمان. ولم تعجبه جارية، فاتفق يومًا من الأيام أن بعض السماسرة أقبل على دار الوزير الفضل بن خاقان، فوجده راكبًا متوجهًا إلى قصر الملك، فقبض على ركابه وأنشد هذين البيتين:

| يا من أعاد رميم الملك منشورًا | أنت الوزير الذي لا زال منصورًا |
| أحييت ما مات بين الناس من كرم | لا زال سعيك عند الله مشكورًا |

ثم قال:

- يا سيدي إن الجارية التي صدر بطلبها المرسوم الكريم قد حضرت..

فقال له الوزير:

- إلي بها.

فغاب ساعة، ثم حضر ومعه جارية رشيقة القد قاعدة النهد بطرف كحيل وخد أسيل وخصر نحيل وردف ثقيل.. وعليها أحسن ما يكون من الثياب، ورضابها أحلى من الجلاب. وقامتها تفضح غصون البان وكلامها أرق من النسيم إذا مر على زهر البستان. كما قال فيها بعض واصفيها هذه الأبيات:

| لها بشر مثل الحرير ومنطق | رخيم الحواشي لا هراء ولا نزر |
| وعينان قال الله كونا فكانتا | فعولان بالألباب ما تفعل الخمر |
| فيا حبها زدني جوى كل ليلة | ويا سلوة الأيام موعدك الحشر |
| ذوائبها ليل ولكن جبينها | إذا أسفرت يوم يلوح به الفجر |

فلما رآها الوزير أعجبته غاية الإعجاب. فالتفت إلى السمسار وقال له:
- كم ثمن هذه الجارية؟
فقال:
- وقف سعرها على عشرة آلاف دينار، وحلف صاحبها أن العشرة آلاف دينار لم تجيء ثمن الفراريج التي أكلتها، ولا ثمن الخلع التي خلعتها على معلميها، فإنها تعلمت الخط والنحو واللغة والتفسير وأصول الفقه والدين والطب والتقويم والضرب بالآلات المطربة..
فقال الوزير:
- علي بسيدها..
فأحضره السمسار في الوقت والساعة، فإذا هو رجل أعجمي، عاش زمنًا طويلاً حتى صيره الدهر عظمًا في جلد. إن العجمي صاحب الجارية لما حضر بين يدي الوزير الفضل بن خاقان، قال له الوزير:
- رضيت أن تأخذ في هذه الجارية عشرة آلاف دينار من السلطان محمد بن سليمان الزيني؟
فقال العجمي:
- حيث كانت للسلطان، فالواجب علي ان أقدمها إليه هدية بلا ثمن.
فعند ذلك، أمر بإحضار الأموال، فلما حضرت وزن الدنانير للعجمي، ثم أقبل النخاس على الوزير، وقال:
- عن إذن مولانا الوزير، أتكلم.
فقال الوزير:
- هات ما عندك.
فقال:
- عندي من الرأي ألا تطلع بهذه الجارية إلى السلطان في هذا اليوم، فإنها قادمة من السفر واختلف عليها الهواء، وأتعبها السفر، ولكن خلها عندك في

القصر عشرة أيام، حتى تستريح، فيزداد جمالها. ثم أدخلها الحمام، وألبسها أحسن الثياب. وأطلع بها إلى السلطان، فيكون لك في ذلك الحظ الأوفر.
فتأمل الوزير كلام النخاس، فوجده صوابًا، فأتى بها إلى قصره، وأخلى لها مقصورة، ورتب لها كل ما تحتاج إليه من طعام وشراب وغيره. فمكثت مدة على تلك الرفاهية، وكان للوزير الفضل بن خاقان ولد كأنه البدر إذا أشرق بوجه أقمر، وخد أحمر، وعليه خال كنقطة عنبر، وفيه عذار أخضر كما قال الشاعر في مثله هذه الأبيات:

ورد الخدود ودونه شوك القنا — فمن المحدث نفسه أن يجتنى
لا تمدد الأيدي إليه فطالما — شنوا الحروب لأن مددنا الأعينا
يا قلبه القاسي ورقة خصره — هلا نقلت إلى هنا من هنا
لو كان رقة خصره في قلبه — ما جار قط على المحب ولا جنى
يا عاذلي في حبه كن عاذري — من لي بجسم قد تملكه الضنى
ما الذنب إلا للفؤاد وناظري — لولاهما ما كنت في هذا العنى

وكان الصبي لم يعرف قضية هذه الجارية، وكان والده أوصاها وقال لها:
- يا بنيتي، اعلمي أني ما اشتريتك إلا سرية للملك محمد بن سليمان الزيني، وإن لي ولدًا ما ترك صبية في الحارة إلا فعل بها، فاحفظي نفسك منه وأحذري أن تريه وجهك أو تسمعيه كلامك.
فقالت الجارية:
- السمع والطاعة.
ثم تركها وانصرف. واتفق بالأمر المقدر أن الجارية دخلت يومًا من الأيام الحمام الذي في المنزل، وقد حماها بعض الجواري، ولبست الثياب الفاخرة، فتزايد حسنها وجمالها، ودخلت على زوجة الوزير، فقبلت يدها فقالت السيدة لها:
- نعيمًا يا أنيس الجليس، كيف حالك في هذا الحمام؟
فقالت:
- يا سيدتي، ما كنت محتاجة إلا إلى حضورك فيه.
فعند ذلك، قالت سيدة البيت للجواري:
- هيا بنا ندخل الحمام.
فامتثلن لأمرها، ومضين، وسيدتهن بينهن، وقد وكلت بباب المقصورة التي فيها أنيس الجليس جاريتين صغيرتين.. وقالت لهما:
- لا تمكنا أحد من الدخول على الجارية.
فقالتا:

- السمع والطاعة.

فبينما أنيس الجليس قاعدة في المقصورة، وإذا بابن الوزير الذي اسمه علي نور الدين قد دخل وسأل عن أمه وعن العائلة، فقالت له الجاريتان:

- دخلوا الحمام.

وقد سمعت الجارية أنيس الجليس كلام علي نور الدين بن الوزير من داخل المقصورة. فقالت في نفسها:

- ياترى ما شأن هذا الصبي الذي قال لي الوزير عنه أنه ما خلا بصبية في الحارة إلا وأوقعها، والله أني أشتهي أن أنظره.

ثم أنها نهضت على قدميها، وهي بأثر الحمام، وتقدمت جهة باب المقصورة، ونظرت إلى علي نور الدين، فإذا هو كالبدر في تمامه، فأورثتها النظرة ألف حسرة، ولاحت من الصبي التفاتة إليها، فنظرها نظرة أورثته ألف حسرة، ووقع كل منهما في هوى الآخر. فتقدم الصبي إلى الجاريتين، وصاح عليهما فهربتا من بين يديه، ووقفا من بعيد ينظرانه وينظران ما يفعل، وإذا به تقدم من باب المقصورة، وفتحه ودخل على الجارية وقال لها:

- أنت التي اشتراك أبي للملك؟

فقالت له:

- نعم..

فعند ذلك، تقدم الصبي منها، وكان في حال السكر، وأخذ رجليها وجعلها في وسطه، وهي شبكت يدها في عنقه، واستقبلته بتقبيل وشهيق وغنج، ومص لسانها، ومصت لسانه، فأزال بكارتها، فلما رأت الجاريتان سيدهما الصغير داخلاً على الجارية أنيس الجليس، صرختا وكان قد قضى الصبي حاجته وفر هاربًا للنجاة من الخوف عقب الفعل الذي فعله.

فلما سمعت سيدة البيت صراخ الجاريتين، مضت من الحمام والعرق يقطر منها، وقالت:

- ما سبب هذا الصراخ الذي في الدار؟

فلما قربت من الجاريتين اللتين أقعدتهما على باب المقصورة، قالت لهما:

- ويلكما.. ما الخبر؟؟

فلما رأتاها، قالتا:

- إن سيدي نور الدين جاء وضربنا فهربنا منه، فدخل على أنيس الجليس وعانقها، ولا ندري أي شيء عمل بعد ذلك، فلما صحا هرب.

فعند ذلك تقدمت سيدة البيت إلى أنيس الجليس، وقالت لها:

- ما الخبر؟

فقالت لها:

- يا سيدتي أنا قاعدة وإذا بصبي جميل الصورة دخل علي، وقال لي: أنت التي اشتراك أبي لي؟ فقلت: نعم.. والله يا سيدتي اعتقدت أن كلامه صحيح، فعند ذلك أتى إلي وعانقني.

فقالت لها:

- هل فعل بك شيء غير ذلك؟

قالت: نعم، وأخذ مني ثلاث قبلات.

فقالت:

- والله إني أرى أنه ما تركك إلا وقد فض بكارتك.

نظرت الجارية إلى الأرض، فبكت السيدة ولطمت على وجهها هي والجواري خوفًا على علي نور الدين أن يذبحه أبوه. فبينما هم كذلك وإذا بالوزير دخل، وسأل عن الخبر، فقالت له زوجته:

- أحلف أن ما أقوله لك تسمعه.

قال:

- نعم.

فأخبرته بما فعله ولده، فحزن ومزق ثيابه ولطم على وجهه، ونتف لحيته..

فقالت له زوجته:

- لا تقتل نفسك، أنا أعطيك من مالي عشرة آلاف دينار ثمنها.

فعند ذلك رفع رأسه إليها، وقال لها:

- ويلك أنا ما لي حاجة بثمنها، ولكن خوفي أن تروح روحي ومالي.

فقالت له:

- يا سيدي ما سبب ذلك؟

فقال لها:

- أما تعلمين أن وراءنا هذا العدو الذي يقال له: المعين بن ساوي.. ومتى سمع هذا الأمر تقدم إلى السلطان وقال له: إن وزيرك الذي تزعم أنه يحبك أخذ منك عشرة آلاف دينار واشترى بها جارية ما رأى أحد مثلها.. فلما أعجبته قال لابنه: خذها أنت أحق بها من السلطان.. فأخذها وأزال بكارتها، وها هي الجارية عنده.. فيقول الملك: تكذب.. فيقول للملك: بعد إذنك، أهجم عليه، وآتيك بها.. فيأذن له في ذلك فيهجم على الدار ويأخذ الجارية، ويحضرها بين يدي السلطان، ثم يسألها، فلا تقدر أن تنكر.. فيقول له: يا سيدي أنت تعلم أني ناصح لك، ولكن ما لي عندكم حظ.. فيمثل بي السلطان، والناس كلهم يتفرجون علي، وتروح روحي.

فقالت له زوجته:

- لا تعلم أحد، وسلم أمرك إلى الله في هذه القضية.

فعند ذلك سكن قلب الوزير وطاب خاطره.

هذا ما كان من أمر الوزير، وأما ما كان من أمر علي نور الدين، فإنه خاف عاقبة الأمر، فكان يقضي نهاره في البساتين ولا يأتي إلا في آخر الليل لأمه، فينام عندها ويقوم قبل الصبح ولا يراه أحد، ولم يزل كذلك شهرًا وهو لم ير وجه أبيه، فقالت أمه لأبيه:

- يا سيدي، هل ستعدم الجارية وتعدم الولد، فإن طال هذا الأمر على الولد هج.

قال لها:

- وكيف العمل؟

قالت:

- أسهر هذه الليلة، فإذا جاء، فأمسكه واصطلح أنت وإياه، وأعطه الجارية فإنها تحبه وهو يحبها وأعطيك ثمنها.

فسهر الوزير طول الليل، فلما أتى ولده أمسكه وأراد نحره، فأدركته أمه وقالت له:

- أي شيء تريد أن تفعل معه؟

فقال لها:

- أريد أن أذبحه..

فقال الولد لأبيه:

- هل أهون عليك؟

فتغرغرت عيناه بالدموع، وقال له:

- يا ولدي، كيف هان عليك ذهاب مالي وروحي؟

فقال الصبي:

- اسمع يا والدي مقال الشاعر:

هبني جنيت فلم تزل أهل النهي        يهبون للجاني شماحاً شاملا
ماذا عسى يرجو عدوك وهو في        درك الحضيض وأنت أعلى منزلاً

فعند ذلك، قام الوزير من على صدر ولده، وأشفق عليه وقام الصبي، وقبل يد والده، فقال الوالد:

- يا ولدي، لو علمت أنك تنصف أنيس الجليس كنت وهبتها لك.

فقال:

- يا والدي، كيف لا أنصفها.

قال:

- أوصيك يا ولدي أنك لا تتزوج عليها ولا تضاررها ولا تبعها.

قال له:

- يا والدي، أنا أحلف لك ألا أتزوج عليها، ولا أبيعها..

ثم حلف له أيمانًا على ما ذكر، ودخل على الجارية فأقام معها سنة. وأنسى الله تعالى الملك قصة الجارية. وأما المعين بن ساوي، فإنه بلغه الخبر ولكنه لم يقدر أن يتكلم لعظم منزلة الوزير عند السلطان، فلما مضت السنة، دخل الوزير فضل الدين بن خاقان الحمام وخرج وهو يتصبب عرقًا، فأصابه الهواء، فلزم الفراش، وطال به السهاد، وتسلسل به الضعف، فعند ذلك، نادى ولده علي نور الدين فلما حضر بين يديه، قال له:

- يا ولدي، أن الرزق مقسوم، والأجل محتوم، ولا بد لكل نسمة من شرب كأس المنون، وأنشد هذه الأبيات:

| | |
|---|---|
| هبني جنيت فلم تزل أهل النهى | يهبون للجاني شماحاً شاملا |
| ماذا عسى يرجو عدوك وهو في | درك الحضيض وأنت أعلى منزلا |
| من فاته الموت لم يفته غدا | والكل منا على حوض الردى وردا |
| سوى العظم بمن قد كان محتقرا | ولم يدع هبة بين الورى أحدا |
| لم يبق من ملك كلا ولا ملك | ولا نبي يعيش دائماً أبدا |

ثم قال:

- يا ولدي، مالي عندك وصية إلا تقوى الله والنظر في العواقب، وأن تستوصي بالجارية أنيس الجليس.

فقال له:

- يا أبت، ومن مثلك؟؟ وقد كنت معروفًا بفعل الخير ودعاء الخطباء لك على المنابر.

فقال:

- يا ولدي، أرجو من الله تعالى القبول.

ثم نطق الشهادتين وشهق شهقة، فكتب من أهل السعادة.. فعند ذلك امتلأ القصر بالصراخ ووصل الخبر إلى السلطان.

# الفصل الثاني

وسمع أهل المدينة بوفاة الفضل بن خاقان، فبكت عليه الصبيان في مكاتبها، ونهض ولده علي نور الدين وجهزه وحضرت الأمراء والوزراء وأرباب الدولة، وأهل المدينة مشهده، وكان ممن حضروا الجنازة الوزير المعين بن ساوي، وأنشد بعضهم عند خروج جنازته من الدار هذه الأبيات:

قد قلت للرجل المولى غسله   هلا أطعت وكنت من نصائحه
جنبه ماءك ثم غسله بما   أذرت عيون المجد عند بكائه
وأزل مجاميع الحنوط ونحها   عنه وحنطه بطيب ثنائه
ومر الملائكة الكرام بحمله   شرفاً ألست تراهموا بإزائه
لاتوه أعناق الرجال بحمله   يكفي الذي حملوه من نعمائه

ثم مكث علي نور الدين، شديد الحزن على والده مدة مديدة، فبينما هو جالس يومًا من الأيام في بيت والده، إذ طرق الباب طارق، فنهض علي نور الدين وفتح الباب.. وإذا برجل من ندماء والده وأصحابه، فقبل يد علي نور الدين، وقال:

- يا سيدي، من خلف مثلك ما مات وهذا مصير سيد الأولين والآخرين صلى الله عليه وسلم، يا سيدي طب نفسًا، ودع الحزن.

فعند ذلك نهض علي نور الدين إلى قاعة الجلوس، ونقل إليها ما يحتاج إليه واجتمع عليه أصحابه، وأخذ جاريته، واجتمع عليه عشرة من أولاد التجار. ثم إنه أكل الطعام وشرب الشراب وجدد مقامًا بعد مقام، وصار يعطي ويتكرم. فعند ذلك، دخل عليه وكيله وقال له:

- يا سيدي علي نور الدين، أما سمعت قول بعضهم: من ينفق ولم يحسب افتقر. ولقد أحسن من قال هذه الأبيات:

أصون دراهمي وأذب عنها   لعلمي أنها سيفي وترسي
أأبذلها إلى أعدا الأعادي   وأبذل في الورى سعدي بنحسي
فيأكلها ويشربها هنيئاً   ولا يسخو لي أحد بفلس
وأحفظ درهمي عن كل شخص   لئيم الطبع لا يصفو لأنسي
أحب إلي من قول لنذل   أنلني درهماً لغد بخمس
فيعرض وجهه ويصدعني   فتبقى مثل نفس الكلب نفسي
فيا ذل الرجال بغير مال   ولو كانت فضائلهم كشمس

ثم قال:

- يا سيدي النفقة الجزيلة والمواهب العظيمة تفني المال.

فلما سمع علي نور الدين من وكيله هذا الكلام، نظر إليه وقال له:

ـ جميع ما قلته لا أسمع منه كلمة، فما أحسن قول الشاعر:

أنا ما ملكت المال يومًا ولم أجد       فلا بسطت كفي ولا نهضت رجلي

فهاتوا بخيلاً نال مجدًا ببخله       وهاتوا أروني باذلاً مات من بذل

ثم قال

ـ اعلم أيها الوكيل أني أريد إذا كان عندك ما يكفيني لغدائي، ألا تحملني هم عشائي.

فانصرف الوكيل من عنده إلى حال سبيله، وأقبل علي نور الدين ما هو فيه من مكارم الأخلاق وكل من يقول له من ندمائه أن هذا الشيء مليح، يقول: هو لك هبة، أو يقول سيدي أن الدار الفلانية مليحة، يقول: هي لك هبة.. ولم يزل علي نور الدين يعقد لندمائه وأصحابه في أول النهار مجلسًا، وفي آخره مجلسًا، ومكث على هذا الحال سنة كاملة، فبينما هو جالسًا يومًا وإذا بالجارية تنشد هذين البيتين:

أحسنت ظنك بالأيام إذا حسنت       ولم تخف سوء ما يأتي به القدر

وسالمتك الليالي فاغتررت بها       عند صفو الليالي يحدث الكدر

فلما فرغت من شعرها، إذا بطارق يطرق الباب، فقام علي نور الدين فتبعه بعض جلسائه من غير أن يعلم به، فلما فتح الباب رآه وكيله، فقال له علي نور الدين:

ـ ما الخبر؟

فقال له:

ـ يا سيدي، الذي كنت أخافه عليك منه قد وقع لك.

قال:

ـ وكيف ذلك؟

قال:

ـ اعلم أنه ما بقي لك تحت يدي شيء يساوي درهمًا ولا أقل من درهم، وهذه دفاتر المصروف الذي صرفته ودفاتر أصل مالك.

فلما سمع علي نور الدين هذا الكلام، أطرق رأسه إلى الأرض، وقال:

ـ لا حول ولا قوة إلا بالله.

فلما سمع الرجل الذي تبعه خفية، رجع إلى أصحابه وقال لهم:

ـ انظروا أي شيء تعملون، فإن علي نور الدين قد أفلس.

فلما رجع إليهم علي نور الدين، ظهر لهم الغم في وجهه، فعند ذلك نهض واحد من الندماء على قدميه، ونظر إلى علي نور الدين وقال له:

- يا سيدي إني أريد أن تأذن لي بالانصراف.

فقال علي نور الدين:

- لماذا الانصراف في هذا اليوم؟

فقال:

- إن زوجتي تلد في هذه الليلة، ولا يمكنني أن أتخلف عنها، وأريد أن أذهب إليها وأنظرها.

فأذن له.. ونهض آخر، وقال له:

- يا سيدي نور الدين أريد اليوم أن أحضر عند أخي، فإنه يطاهر ولده.

وكل واحد يستأذنه إلى حال سبيله، حتى انصرفوا كلهم، وبقي علي نور الدين وحده.. فعند ذلك دعا جاريته، وقال:

- يا أنيس الجليس أما تنظرين ما حل بي؟

وحكى لها ما قاله الوكيل، فقالت:

- يا سيدي، منذ ليال هممت أن أقول لك على هذا الحال فسمعتك تنشد هذين البيتين:

| إذا جادت الدنيا عليك فجد بها | على الناس طرأ قبل ان تتفلت |
| فلا جود يفنيها إذا هي أقبلت | ولا الشح يبقيها إذا هي ولت |

فلما سمعتك تنشدهما، ولم أبد لك خطابًا.

فقال لها:

- يا أنيس الجليس، أنت تعرفين أني ما صرفت مالي إلا على أصحابي، وأظنهم لا يتركونني من غير مواساة.

فقالت أنيس الجليس:

- والله ما ينفعونك بنافعة.

فقال علي نور الدين:

- فأنا في هذه الساعة أقوم وأروح إليهم، وأطرق أبوابهم، لعلي أنال منهم شيئًا، فأجعله في يدي رأس مال، وأتاجر فيه، وأترك اللهو واللعب.

ثم إنه نهض من وقته وساعته، وما زال سائرًا، حتى أقبل على الزقاق الذي فيه أصحابه العشرة، وكانوا كلهم ساكنين في ذلك الزقاق، فتقدم إلى أول باب وطرقه فخرجت له جارية وقالت له:

- من أنت؟

فقال:

- قولي لسيدك علي نور الدين واقف في الباب، ويقول لك مملوكك يقبل أياديك وينتظر فضلك.

فدخلت الجارية وأعلمت سيدها فصاح عليها وقال لها:
- ارجعي وقول له: ما هو هنا.
فرجعت الجارية إلى علي نور الدين وقالت له:
- يا سيدي، إن سيدي ما هو هنا.
فتوجه علي نور الدين وقال في نفسه:
- إن كان هذا ولد زنا وأنكر نفسه، فغيره ما هو ولد زنا.
ثم تقدم إلى الباب الثاني وقال كما قال أولاً، فأنكر الآخر نفسه.. فعند ذلك أنشد هذا البيت:

ذهب الذين إذا وقفت ببابهم    منوا عليك بما تريد من الندى

فلما فرغ من شعره، قال:
- والله لا بد أن أمتحنهم كلهم، عسى أن يكون فيهم واحد يقوم مقام الجميع.
فدار على العشرة، فلم يجد أحدًا منهم فتح له الباب، ولا أراه نفسه، ولا أمر له برغيف فأنشد هذه الأبيات:

المرء في زمن الإقبال كالشجرة    فالناس من حولها ما دامت الثمرة
حتى إذا أسقطت كل الذي حملت    تفرقوا وأرادوا غيرها شجرة
تباً لأبناء هذا الدهر كلهم    فلم أجد واحدًا يصفو من العشرة

ثم إنه رجع إلى جاريته، وقد تزايد همه، فقالت له:
- يا سيدي، أما قلت لك أنهم لن ينفعونك بنافعة؟
فقال:
- والله ما فيهم من أراني وجهه.
فقالت له:
- يا سيدي بع من أثاث البيت شيئًا، فشيئًا، وأنفق.
فباع إلى أن باع جميع ما في البيت، ولم يبق عنده شيء. فعند ذلك نظر إلى أنيس الجليس، وقال لها:
- ماذا نفعل الآن؟
قالت له:
- يا سيدي عندي من الرأي أن تقوم في هذه الساعة وتنزل إلى السوق فتبيعني، وأنت تعلم أن والدك كان قد اشتراني بعشرة آلاف دينار، فلعل الله يفتح عليك ببعض هذا الثمن، وإذا قدر الله باجتماعنا، نجتمع.
فقال لها:
- يا أنيس الجليس، ما يهون علي فراقك ساعة واحدة.
فقالت له:

- ولا أنا كذلك، لكن للضرورة أحكام، كما قال الشاعر:

تلجئ الضرورات في الأمور إلى
سلوك ما لا يليق بالأدب

ما حامل نفسه على سبب
إلا لأمر يليق بالسبب

فعند ذلك، أخذت دموع أنيس الجليس تسيل على خديه، ثم أنشد هذين البيتين:

قفوا زودوني نظرة قبل فراقكم
أعلل قلباً كاد بالبين يتلف

فإن كان تزويدي بذلك كلفة
دعوني في وجدي ولا تتكلفوا

ثم مضى وسلمها إلى الدلال وقال له:

- أعرف مقدار ما تنادي عليه.

فقال له الدلال:

- يا سيدي علي نور الدين الأصول محفوظة.

ثم قال له:

- أها هي أنيس الجليس التي كانت اشتراها والدك مني بعشرة آلاف دينار؟

قال:

- نعم.

فعند ذلك طلع الدلال إلى التجار، فوجدهم لم يجتمعوا كلهم. فصبر حتى اجتمع سائر التجار، وامتلأ السوق بسائر أجناس الجواري من تركية ورومية وشركسية وجرجية وحبشية. فلما نظر الدلال إلى ازدحام السوق نهض قائمًا وقال:

- يا تجار.. يا أرباب الأموال.. ما كل مدور جوزة، ولا كل مستطيلة موزة، ولا كل حمراء لحمة، ولا كل بيضاء شحمة، ولا كل صهباء خمرة، ولا كل سمراء تمرة، يا تجار هذه الدرة اليتيمة التي لا تفي الأموال لها بقية بكم تفتحون باب الثمن.

فقال واحد:

- بأربعة آلاف دينار وخمسمائة.

وإذا بالوزير المعين بن ساوي في السوق، فنظر علي نور الدين واقفًا في السوق، فقال في نفسه:

- ما باله واقفًا فإنه ما بقي عنده شيء يشتري به جواري.

ثم نظر بعينيه فسمع المنادي وهو واقف ينادي في السوق والتجار حوله. فقال الوزير في نفسه:

- ما أظنه إلا أفلس ونزل بالجارية ليبيعها.

ثم قال في نفسه:

- إن صح ذلك فما أبرده على قلبي.

ثم دعا المنادي فأقبل عليه وقبل الأرض بين يديه، فقال:
- إني أريد هذه الجارية التي تنادي، عليها فلم يمكنه المخالفة.
فجاء بالجارية وقدمها بين يديه، فلما نظر إليها وتأمل محاسنها من قامتها الرشيقة وألفاظها الرقيقة، أعجبته.. فقال له:
- إلى كم وصل ثمنها؟
فقال:
- أربعة آلاف وخمسمائة دينار.
فلما سمع ذلك التجار ما قدر واحد منهم أن يزيد درهمًا ولا دينارًا.. بل تأخروا لما يعلمون من ظلم ذلك الوزير. ثم نظر الوزير معين بن ساوي إلى الدلال، وقال:
- ما سبب وقوفك، اذهب والجارية بأربعة آلاف ولك خمسمائة دينار.
فراح الدلال إلى علي نور الدين وقال له:
- راحت الجارية عليك بلا ثمن.
فقال له:
- وماسبب ذلك؟
فقال له:
- نحن فتحنا باب سعرها بأربعة آلاف وخمسمائة دينار، فجاء هذا الظالم المعين بن ساوي، ودخل السوق. فلما نظر الجارية أعجبته وقال لي شاور على أربعة آلاف ولك خمسمائة. وما أظنه إلا يعرف أن الجارية لك. فإن كان يعطيك ثمنها في هذه الساعة يكون ذلك من فضل الله، لكن أنا أعرف من ظلمه أنه يكتب لك ورقة حوالة على بعض عملائه، ثم يرسل إليهم، ويقول: لا تعطوه شيئًا.. فكلما ذهبت إليهم لتطالبهم، يقولون: غدًا نعطيك.. ولا يزالون يعدونك ويخلفون يومًا بعد يوم وأنت عزيز النفس. وبعد أن يضجوا من مطالبتك إياهم، يقولون: أعطنا ورقة الحوالة.. إذا أخذوا الورقة منك، قطعوها وراح عليك ثمن الجارية.
فلما سمع علي نور الدين من الدلال هذا الكلام، نظر إليه وقال له:
- كيف يكون العمل؟
فقال له:
- أنا أشير عليك بمشورة، فإن قبلتها مني كان لك الحظ الأوفر..
وقال:
- تجيء في هذه الساعة عندي وأنا واقف وسط السوق وتأخذ الجارية من يدي، وتلطمها وتقول لها: ويلك، قد وفيت يميني التي حلفتها.. ونزلت بك

السوق.. حيث حلفت عليك أنه لا بد من إخراجك إلى السوق ومناداة الدلال عليك.. فإن فعلت ذلك، ربما تدخل عليه الحيلة وعلى الناس ويعتقدون أنك ما نزلت بها إلا لأجل إبرار اليمين.

فقال:

- هذا هو الرأي الصائب.

ثم إن الدلال فارقه وجاء إلى وسط السوق، وأمسك يد الجارية وأشار إلى الوزير المعين بن ساوي، وقال:

- يا مولاي هذا مالكها قد أقبل..

ثم جاء علي نور الدين إلى الدلال، ونزع الجارية من يده ولطمها، وقال:

- ويلك، قد نزلت بك إلى السوق لأجل إبرار يميني.. روحي إلى البيت وبعد ذلك لا تخالفيني، فلست محتاجًا إلى ثمنك حتى أبيعك.. وأنا لو بعت أثاث البيت وأمثاله مرات عديدة ما بلغ قدر ثمنك.

فلما نظر المعين بن ساوي إلى علي نور الدين قال له:

- ويلك وهل بقي عندك شيء يباع ويشترى؟؟

ثم إن المعين بن ساوي أراد أن يبطش به، فعند ذلك نظر التجار إلى علي نور الدين وكانوا كلهم يحبونه، فقال لهم:

- ها أنا بين أيديكم، وقد عرفتم ظلمه.

فقال الوزير:

- والله لولا أنتم لقتلته.

ثم رمزوا كلهم إلى بعضهم بعين الإشارة، وقالوا:

- ما أحد منا يدخل بينك وبينه.

فعند ذلك تقدم علي نور الدين إلى الوزير بن ساوي، وكان علي نور الدين شجاعًا فجذب الوزير من فوق سرجه فرماه إلى الأرض، وكان هناك معجنة طين فوقع الوزير في وسطها.. وجعل نور الدين يلكمه فجاءت لكمة على أسنانه فاختضبت لحيته بدمه.. وكان مع الوزير عشرة مماليك، فلما رأوا نور الدين يفعل بسيدهم هذه الأفعال، وضعوا أيديهم على مقابض سيوفهم وأرادوا أن يهجموا على نور الدين ويقطعونه، وإذا بالناس قالوا للمماليك:

- هذا وزير وهذا ابن وزير، وربما اصطلحا مع بعضهما وتكونون مبغوضين عند كل منهما، وربما جاءت فيه ضربة فتموتون جميعًا أقبح الميتات.. ومن الرأي أن لا تدخلوا بينهما.

فلما فرغ علي نور الدين من ضرب الوزير، أخذ جاريته ومضى إلى داره.. وأما الوزير ابن ساوي فإنه قام من ساعته، وكان قماش ثيابه أبيض، فصار

ملونًا بثلاثة ألوان الطين ولون الدم ولون الرماد، فلما رأى نفسه على هذه الحالة، أخذ برشًا وجعله في رقبته، وأخذ في يده حزمتين من محلفه، وسار إلى أن وقف تحت القصر الذي فيه السلطان، وصاح:

- يا ملك الزمان مظلوم.

فأحضروه بين يديه فتأمله، فرآه وزيره المعين بن ساوي، فقال له:

- من فعل بك هذه الفعال؟

فبكى، وانتحب وأنشد هذين البيتين:

أيظلمني الزمان وأنت فيه وتأكلني الكلاب وأنت غيث
ويروى من حياضك كل صياد وأعطش في حماك وأنت غيث

ثم قال:

- يا سيدي، هكذا كل من يحبك ويخدمك تجري له هذه المشاق.

قال له:

- ومن فعل بك هذه الفعال؟

فقال الوزير:

- اعلم أني خرجت اليوم إلى سوق الجواري لعلي أشتري جارية طباخة، فرأيت في السوق جارية ما رأيت طول عمري مثلها، فقال الدلال أنها لعلي بن خاقان. وكان مولانا السلطان أعطى إياه سابقًا عشرة آلاف دينار ليشتري له بها جارية مليحة فاشترى تلك الجارية فأعجبته فأعطاها لولده. فلما مات أبوه سلك طريق الإسراف حتى باع جميع ما عنده من الأملاك والبساتين والأواني. فلما أفلس، ولم يبق عنده شيء، نزل بالجارية إلى السوق على أن يبيعها. ثم سلمها إلى الدلال، فنادى عليها وتزايد فيها التجار حتى بلغ أربعة آلاف دينار، فلما سمع كلامي، نظر إلي وقال: يا شيخ النحس أبيعها لليهود والنصارى ولا أبيعها لك. فقلت: أنا ما اشتريتها لنفسي، وإنما اشتريتها لمولانا السلطان الذي هو ولي نعمتنا. فلما سمع مني هذا الكلام، اغتاظ وجذبني ورماني عن الجواد، وأنا شيخ كبير وضربني ولم يزل يضربني حتى تركني كما تراني، وأنا ما أوقعني في هذا كله إلا أني جئت لأشتري هذه الجارية لسعادتك.

ثم إن الوزير رمى نفسه على الأرض وجعل يبكي ويرتعد، فلما نظر السلطان حالته وسمع مقالته قام عرق الغضب بين عينيه. ثم التفت إلى من بحضرته من أرباب الدولة، وإذا بأربعين من ضاربي السيف وقفوا بين يديه، فقال لهم:

- انزلوا في هذه الساعة إلى دار ابن خاقان، وانهبوها واهدموها، وآتوني به وبالجارية مكتفين واسحبوهما على وجوههما واتوا بهما بين يدي.

فقالوا:

- السمع والطاعة.

ثم إنهم قصدوا المسير إلى علي نور الدين وكان عند السلطان حاجب يقال له علم الدين مضجر، وكان من مماليك الفضل بن خاقان والد علي نور الدين، فلما سمع أمر السلطان ورأى الأعداء تهيئوا إلى قتل ابن سيده، لم يهن عليه ذلك، فركب جواده وسار إلى أن أتى بيت علي نور الدين، فطرق الباب فخرج له علي نور الدين، فلما رآه عرفه وأراد أن يسلم عليه، فقال:

- يا سيدي، ما هذا وقت سلام ولا كلام واسمع ما قال الشاعر:

ونفسك فز بها إن خفت ضيماً   وخل الدار تنعى من بناها
فإنك واجد أرضاً بأرض   ونفسك لم تجد نفساً سواها

فقال علي نور الدين:

- ما الخبر؟

فقال:

- انهض وفر بنفسك أنت والجارية فإن المعين بن ساوي نصب لكما شركًا، ومتى وقعتما في يده، قتلكما وقد أرسل إليكما السلطان أربعين ضاربًا بالسيف والرأي عندي أن تهربا قبل أن يحل الضرر بكما.

ثم إن سنجر مد يده إلى علي نور الدين بدنانير فعدها فوجدها أربعين دينارًا، وقال له:

- يا سيدي خذ هذه الدنانير ولو كان معي أكثر من ذلك، لأعطيتك إياه لكن ما هذا وقت معاتبة.

فعند ذلك دخل علي نور الدين على الجارية وأعلمها بذلك فتخبلت، ثم خرج الاثنان في الوقت إلى ظاهر المدينة، وأرسل الله عليهما ستره، ومشيا إلى ساحل البحر فوجدا مركبًا تجهز للسفر والريس واقف في وسط المركب، يقول:

- من بقي له حاجة من وداع أو زوادة أو نسي حاجته فليأت بها فإننا مسافرون.

فقال كلهم:

- لم يبق لنا حاجة يا ريس.

فعندئذ، قال الريس لجماعته:

- هيا حلوا الطرف وأقلعوا الأوتاد.

فقال نور الدين:

ـ إلى أين يا ريس.

فقال:

ـ إلى دار السلام بغداد.

# الفصل الثالث

أبحر بهم المركب وطاب لهم الريح. هذا ما جرى لهؤلاء وأما ما جرى للأربعين الذين أرسلهم السلطان فإنهم جائوا إلى بيت علي نور الدين، فكسروا الأبواب ودخلوا وطافوا جميع الأماكن، فلم يقفوا لهما على خبر، فهدموا الدار ورجعوا، وأعلموا السلطان.. فقال:

- ابحثوا عنهما في أي مكان كانا فيه.

فقالوا:

- السمع والطاعة.

ثم نزل الوزير معين بن ساوي إلى بيته بعد أن خلع عليه السلطان خلعة، وقال:

- لا يأخذ بثأرك إلا أنا.

فدعا له بطول البقاء واطمأن قلبه، ثم إن السلطان أمر أن ينادى في المدينة يا معاشر الناس كافة:

- قد أمر السلطان أن من عثر على علي نور الدين بن خاقان، وجاء به إلى السلطان، خلع عليه خلعة، وأعطاه ألف دينار. ومن أخفاه أو عرف مكانه ولم يخبر، به فإنه يستحق ما يجري عليه من النكال.

فصار جميع الناس في التفتيش على علي نور الدين، فلم يجدوا له أثر. هذا ما كان من هؤلاء.

وأما ما كان من أمر علي نور الدين وجاريته فإنهما وصلا بالسلامة إلى بغداد، فقال الريس:

- هذه بغداد وهي مدينة أمينة. قد ولى عنها الشتاء ببرده، وأقبل عليها فصل الربيع بورده وأزهرت أشجارها وجرت أنهارها.

فعند ذلك طلع علي نور الدين هو وجاريته من المركب وأعطى الريس خمسة دنانير، ثم سارا قليلاً فرمتهما المقادير بين البساتين فجاءا إلى مكانين، فوجداه مكنوسًا مرشوشًا بمصاطب مستطيلة وقواديس معلقة ملآنة ماء، وفوقه مكعب من القصب بطول الزقاق، وفي صدر الزقاق باب بستان إلا أنه مغلق. فقال علي نور الدين للجارية:

- والله إن هذا محل مليح.

فقالت:

- يا سيدي، اقعد بنا ساعة على هذه المصاطب.

فطلعا وجلسا على المصاطب. ثم غسلا وجهيهما، وأيديهما، واستلذا بمرور النسيم فناما وجل من لا ينام. وكان البستان يسمى بستان النزهة. وهناك قصر يقال له: قصر الفرجة. وهو للخليفة هارون الرشيد. وكان الخليفة إذا ضاق صدره يأتي إلى البستان، ويدخل ذلك القصر فيقعد فيه، وكان القصر له ثمانون شباكًا معلقًا فيه ثمانون قنديلاً، وفي وسطه شمعدان كبير من الذهب. فإذا دخله الخليفة أمر الجواري أن تفتح الشبابيك وأمر إسحق النديم والجواري أن يغنوا ما يشرح صدره ويزول همه، وكان للبستان خولي شيخ كبير يقال له الشيخ إبراهيم. واتفق أنه خرج ليقضي حاجة من أشغاله فوجد المتفرجين معهم النساء وأهل الريبة فغضب غضبًا شديدًا، فصبر الشيخ حتى جاء عنده الخليفة في بعض الأيام، فأعلمه بذلك فقال الخليفة:

ـ كل من وجدته على باب البستان افعل به ما أردت.

فلما كان ذلك اليوم خرج الشيخ إبراهيم الخولي لقضاء حاجة، عرضت له فوجد الاثنين نائمين في البستان مغطيين بإزار واحد، فقال:

ـ أما عرفا أن الخليفة أعطاني إذنًا أن كل من لقيته قتلته. ولكن هذين ضربًا خفيفًا حتى لا يقترب أحد من البستان.

ثم قطع جريدة خضراء وخرج إليهما ورفع يده فبان بياض إبطه، وأراد ضربهما فتفكر في نفسه وقال:

ـ يا إبراهيم كيف تضربهما ولم تعرف حالهما؟ وقد يكونان غريبان أو من أبناء السبيل ورمتهما المقادير هنا. سأكشف عن وجهيهما وأنظر إليهما.

فرفع الإزار عن وجهيهما وقال:

ـ هذان حسنان لا ينبغي أن أضربهما.

ثم غطى وجهيهما وتقدم إلى رجل علي نور الدين وجعل يكبسها ففتح عينيه فوجده شيخًا كبيرًا. فاستحى علي نور الدين، ولم رجليه واستوى قاعدًا، وأخذ يد الشيخ فقبلها، فقال له:

ـ يا ولدي من أين أنتم؟

فقال له:

ـ يا سيدي، نحن غرباء.

وفرت الدمعة من عينيه. فقال الشيخ إبراهيم:

ـ يا ولدي اعلم أن النبي صلى الله عليه وسلم أوصى بإكرام الغريب.

ثم قال له:

ـ ياولدي، أما تقوم وتدخل البستان، وتتفرج فيه فينشرح صدرك؟

فقال له نور الدين:

- يا سيدي، هذا البستان يخص من؟
فقال:
- يا ولدي، هذا ورثته من أهلي.
وما كان قصد الشيخ إبراهيم بهذا الكلام إلا أن يطمئنهما، ليدخلا البستان. فلما سمع نور الدين كلامه، شكره، وقام هو وجاريته والشيخ إبراهيم قدامهما. دخلوا البستان فإذا هو بستان بابه مقنطر عليه كروم، وأعنابه مختلفة الألوان، الأحمر كأنه ياقوت والأسود كأنه أبنوس، فدخلوا تحت عريشة فوجدوا فيها الأثمار صنوان والأطيار تغرد بالألحان على الأغصان، والهزار يترنم والقمر ملأ بصوته المكان والشحرور كأنه في تغريده إنسان والأثمار قد أينعت أثمارها من كل مأكول ومن فاكهة زوجان والمشمش ما بين كافوري ولوزي ومشمش خراسان والبرقوق كأنه لون الحسان والقراصية تذهل عقل كل إنسان والتين ما بين أحمر وأبيض وأخضر من أحسن الألوان والزهر كأنه اللؤلؤ والمرجان والورد يفضح بحمرته خدود الحسان والبنفسج كأنه الكبريت دنا من النيران والآس والمنتور والخزامى مع شقائق النعمان. وتكالمت تلك الأوراق بمدامع الغمام وضحك ثغر الأقحوان وصار النرجس ناظر إلى ورد بعيون السودان والأترج كأنه أكواب والليمون كبنادق من ذهب وفرشت الأرض بالزهر من سائر الألوان وأقبل الربيع فأشرق ببهجته المكان والنهر في خرير والطير في هدير والريح في صفير والطقس في اعتدال والنسيم في اعتلال..
ثم دخل بهما الشيخ إبراهيم القاعة المغلقة، فابتهجوا بحسن تلك القاعة وما فيها من اللطائف. دخل القاعة ومعه علي نور الدين والجارية، وجلسوا بجانب بعض الشبابيك، فتذكر علي نور الدين المقاساة التي مضت له، فقال: والله إن هذا المكان في غاية الحسن، لقد فكرني بما مضى وأطفأ من كربي جمر الغضى، ثم إن الشيخ إبراهيم قدم لهما الأكل، فأكلا كفايتهما، ثم غسلا أيديهما، وجلس علي نور الدين في شباك من تلك الشبابيك ونادى على جاريته، فأتت إليه فصارا ينظران إلى الأشجار وقد حملت سائر الأثمار، ثم التفت علي نور الدين إلى الشيخ إبراهيم، وقال له:
- يا شيخ إبراهيم، أما عندك شيء من الشراب لأن الناس يشربون بعد أن يأكلوا.
فجاءه الشيخ إبراهيم بماء حلو بارد، فقال له نور الدين:
- ما هذا الشراب الذي أريده؟
فقال له:

- أتريد خمراً؟

فقال له نور الدين:

- نعم..

فقال:

- أعوذ بالله منها، إن لي ثلاثة عشر عامًا ما فعلت ذلك لأن النبي صلى الله عليه وسلم لعن شاربه وعاصره وحامله.

فقال له نور الدين:

- اسمع مني كلمتين.

قال:

- قل ما شئت.

قال:

- إذا لم تكن عاصر الخمر ولا شاربه ولا حامله، هل يصيبك من لعنهم شيء؟

قال:

- لا..

قال:

- خذ هذين الدينارين وهذين الدرهمين، واركب هذا الحمار وقف بعيدًا، وأي إنسان وجدته يشتري الخمر فصح عليه وقل له: خذ هذين الدرهمين واشتر بهما خمرًا واحمله على الحمار، وحينئذ لا تكون شاربًا ولا حاملاً ولا عاصرًا ولا يصيبك شيء مما يصيب الجميع.

فقال الشيخ إبراهيم وقد ضحك من كلامه:

- والله ما رأيت أظرف منك، ولا أملح من كلامك..

فقال له نور الدين:

- نحن صرنا محسوبين عليك، وما عليك إلا الموافقة. فهات لنا بجميع ما نحتاج إليه.

فقال له الشيخ إبراهيم:

- يا ولدي هذا مخزني قدامك، وهو معد لأمير المؤمنين، فادخله وخذ منه ما شئت، فإن فيه ما تريد.

فدخل علي نور الدين المخزن فرأى فيه أواني من الذهب والفضة والبلور مرصعة بأصناف الجواهر. فأخرج منها ما أراد وسكب الخمر في البواطي والقناني. وصار هو وجاريته يتعاطيان. واندهشا من حسن ما رأيا. ثم إن الشيخ إبراهيم جاء إليهما بالمشموم وقعد بعيدًا عنهما، فلم يزالا يشربان

وهما في غاية الفرح، حتى تحكم معهما الشراب واحمرت خدودهما، وتغازلت عيونهما واسترخت شعورهما. فقال الشيخ إبراهيم:

- ما لي أقعد بعيدًا عنهما؟ كيف أقعد عندهما وأي وقت اجتمع في قصرنا مثل هذين الاثنين اللذين كأنهما قمران.

ثم إن الشيخ تقدم، وقعد في طرف الإيوان، فقال له علي نور الدين:

- يا سيدي بحياتي أن تتقدم عندنا.

فتقدم الشيخ عندهما فملأ نور الدين قدحًا ونظر إلى الشيخ إبراهيم وقال له:

- اشرب حتى تعرف لذة طعمه.

فقال الشيخ:

- أعوذ بالله، إن لي ثلاث عشرة سنة ما فعلت شيئًا من ذلك.

فتغافل عنه نور الدين وشرب القدح ورمى نفسه على الأرض وأظهر أنه غلب عليه السكر. فعند ذلك نظرت إليه أنيس الجليس، وقالت له:

- يا شيخ إبراهيم انظر هذا الرجل كيف عمل معي؟

قال لها:

- يا سيدتي ماله؟

قالت:

- دائمًا يفعل معي هكذا، فيشرب ساعة وينام.. وابقى وحدي لا أجد لي نديمًا ينادمني على قدحي، فإذا شربت فمن يعاطيني وإذا غنيت فمن يسمعني؟

فقال لها الشيخ إبراهيم وقد حنت أعضاؤه ومالت نفسه إليها من كلامها:

- لا ينبغي من النديم أن يكون هكذا.

ثم إن الجارية ملأت قدحًا ونظرت إلى الشيخ إبراهيم وقالت:

- بحياتي أن تأخذه وتشربه ولا ترده، فاقبله واجبر خاطري.

فمد الشيخ إبراهيم يده، وأخذ القدح وشربه، وملأت له ثانيًا ومدت إليه يدها به، وقالت له:

- يا سيدي، بقي لك هذا.

فقال لها:

- والله لا أقدر أن أشربه، فقد كفاني الذي شربته.

فقالت له:

- والله لا بد منه.

فأخذ القدح وشربه. ثم أعطته الثالث، فأخذه وأراد أن يشربه، وإذا بنور الدين هم قاعدًا، فقال له:

- يا شيخ إبراهيم أي شيء تفعل؟ أما حلفت عليك من ساعة لتشرب، فأبيت وقلت أن لك ثلاثة عشر عامًا ما فعلته؟

فقال الشيخ إبراهيم وقد استحى:

- ما لي ذنب، فإنما هي شددت علي.

فضحك نور الدين وقعدوا للمنادمة. فالتفتت الجارية وقالت لسيدها:

- يا سيدي، اشرب ولا تحلف على الشيخ إبراهيم حتى أفرجك عليه.

فجعلت الجارية تملأ وتسقي سيدها وسيدها يملأ ويسقيها، ولم يزالا كذلك مرة بعد مرة، فنظر لهما الشيخ إبراهيم، وقال لهما:

- أي شيء هذا؟؟ وما هذه المنادمة؟؟ ولا تسقياني وقد صرت نديمكما.

فضحكا من كلامه، ثم شربا وسقياه وما زالوا في المنادمة إلى ثلث الليل، فعند ذلك قالت الجارية:

- يا شيخ إبراهيم، عن إذنك هل أقوم وأوقد شمعة من هذا الشمع المصفوف؟

فقال لها:

- قومي ولا توقدي شمعة واحدة..

فنهضت على قدميها وابتدأت من أول الشمع إلى أن أوقدت ثمانين شمعة. ثم قعدت وبعد ذلك، قال نور الدين:

- يا شيخ إبراهيم، وأنا أي شيء حظي عندك؟؟ أما تخليني أوقد قنديلاً من هذه القناديل؟؟

فقال له الشيخ إبراهيم:

- قم وأوقد قنديلاً واحدًا ولا تتناقل أنت الآخر.

فقام وابتدأ من أولها إلى أن أوقد ثمانين قنديلاً، فعند ذلك رقص المكان. فقال لهما الشيخ إبراهيم وقد غلب عليه السكر:

- أنتما أخرع مني.

ثم إنه نهض على قدميه وفتح الشبابيك جميعًا. وجلس معهما يتنادمون ويتناشدون الأشعار، وابتهج بهم المكان.

وقدر الله السميع العليم الذي جعل لكل شيء سببًا، حيث أن الخليفة كان في تلك الساعة جالسًا في شبابيك مطلة على ناحية الدجلة في ضوء القمر، فنظر إلى تلك الجهة فرأى ضوء القناديل والشموع في البحر ساطعًا.. فلاحت من الخليفة التفاتة إلى القصر الذي في البستان، فرآه يلهج من تلك الشموع والقناديل، فقال:

- علي بجعفر البرمكي.

فما كان إلا لحظة وقد حضر جعفر البرمكي بين يدي أمير المؤمنين، فقال له:

- يا كلب الوزراء، أتخدمني ولا تعلمني بما يحصل في مدينة بغداد؟

فقال له جعفر:

- وما سبب هذا الكلام؟

فقال:

- لولا أن مدينة بغداد أخذت مني ما كان قصر الفرجة مبتهجًا بضوء القناديل والشموع وانفتحت شبابيكه.. ويلك من الذي يكون له القدرة على هذه الأفعال، إلا إذا كانت الخلافة قد أخذت مني.

فقال جعفر وقد ارتعدت فرائصه:

- ومن أخبرك أن قصر الفرجة أوقدت فيه القناديل والشموع وفتحت شبابيكه؟

فقال له:

- تقدم عندي وانظر.

فتقدم جعفر عند الخليفة ونظر ناحية البستان، فوجد القصر كأنه شعلة من نور غلب على نور القمر، فأراد جعفر أن يعتذر عن الشيخ إبراهيم الخولي، ربما هذا الأمر بإذنه، لما رأى فيه من المصلحة. فقال:

- يا أمير المؤمنين، كان الشيخ إبراهيم في الجمعة التي مضت قال لي: يا سيدي جعفر إني أريد أن أفرح أولادي في حياتك وحياة أمير المؤمنين، فقلت له: وما مرادك بهذا الكلام؟ فقال لي: مرادي أن آخذ إذنًا من الخليفة بأني أظاهر أولادي في القصر، فقلت له: افعل ما شئت من فرح أولادك، وإن شاء الله أجتمع بالخليفة وأعلمه بذلك، فراح من عندي على هذه الحال، ونسيت أن أعلمك.

فقال الخليفة:

- يا جعفر كان لك عندي ذنب واحد، فصار لك عندي ذنبان، لأنك أخطأت من وجهين: الوجه الأول أنك ما أعلمتني بذلك، والوجه الثاني أنك بلغت الشيخ إبراهيم مقصوده، فإنه ما جاء إليك وقال لك هذا الكلام إلا تعريضًا بطلب شيء من المال يستعين به على مقصوده، فلم تعطه شيئًا ولم تعلمني حتى أعطيه.

فقال جعفر:

- يا أمير المؤمنين، نسيت.

فقال الخليفة:

- وحق آبائي وأجدادي ما أتم بقية ليلتي إلا عنده. فإنه رجل صالح يتردد إليه المشايخ، ويساعد الفقراء، ويواسي المساكين، وأظن أن الجميع عنده في هذه الليلة، فلا بد من الذهاب إليه، لعل واحد منهم يدعو لنا دعوة، يحصل لنا بها خيري الدنيا والآخرة. وربما يحصل له نفع في هذا الأمر بحضوري ويفرح بذلك هو وأحبابه.

فقال جعفر:

- يا أمير المؤمنين، إن معظم الليل قد مضى وهم في هذه الساعة على وجه الانفضاض.

فقال الخليفة:

- لا بد من الذهاب إليه.

سكت جعفر وتحير في نفسه وصار لا يدري، فنهض الخليفة على قدميه، وقام جعفر بين يديه ومعهما مسرور والخادم، ومشى الثلاثة متنكرين. ونزلوا من القصر وجعلوا يشقون الطريق في الأزقة، وهم في زي التجار، إلى أن وصلوا إلى البستان المذكور، فتقدم الخليفة، فرأى البستان مفتوحًا فتعجب، وقال:

- انظر الشيخ إبراهيم كيف ترك الباب مفتوحًا إلى هذا الوقت وما هي عادته.

ثم أنهم دخلوا إلى أن انتهوا إلى آخر البستان، ووقفوا تحت القصر، فقال الخليفة:

- يا جعفر أريد أن أتسلل عليهم قبل أن أطلع عندهم، حتى أنظر ما عليه المشايخ من النفحات وواردات الكرمات. فإن لهم شئونًا في الخلوات والجلوات.. لأننا الآن لم نسمع صوتًا ولم نر لهم أثرًا.

ثم إن الخليفة نظر فرأى شجرة جوز عالية. فقال:

- يا جعفر، أريد أن أطلع على هذه الشجرة، فإن فروعها قريبة من الشبابيك، وأنظر إليهم.

ثم إن الخليفة طلع فوق الشجرة، ولم يزل يتعلق من فرع إلى فرع حتى وصل إلى الفرع الذي يقابل الشباك وقعد فوقه ونظر من شباك القصر، فرأى صبية وصبيًا كأنهما قمران سبحان من خلقهما، ورأى الشيخ إبراهيم قاعدًا وفي يده قدح، وهو يقول:

- يا سيدة الملاح الشرب بلا طرب غير فلاح. ألم تسمعي قول الشاعر:

| أدرها بالكبير وبالصغير | وخذها من يد القمر المنير |
| ولا تشرب بلا طرب فإني | رأيت الخيل تشرب بالصفير |

فلما عاين الخليفة من الشيخ إبراهيم هذه الفعال قام عرق الغضب بين عينيه، ونزل وقال:

- يا جعفر، أنا ما رأيت شيئًا من كرامات الصالحين مثل ما رأيت في هذه الليلة، فاطلع أنت الآخر على هذه الشجرة وانظر لئلا تفوتك بركات الصالحين.

فلما سمع جعفر كلام أمير المؤمنين صار متحيرًا في أمره وصعد إلى أعلى الشجرة، وإذا به ينظر فرأى علي نور الدين والشيخ إبراهيم والجارية، وكان الشيخ إبراهيم في يده القدح، فلما عاين جعفر تلك الحالة أيقن بالهلاك. ثم نزل فوقف بين يدي أمير المؤمنين، فقال الخليفة:

- يا جعفر، الحمد لله الذي جعلنا من المتبعين لظاهر الشريعة المطهرة، وكفانا شر تلبيات الطريقة المزورة.

فلم يقدر جعفر أن يتكلم من شدة الخجل. ثم نظر الخليفة إلى جعفر وقال:

- يا هل ترى من أوصل هؤلاء إلى هذا المكان ومن أدخلهم قصري؟ ولكن مثل هذا الصبي وهذه الصبية ما رأت عيني حسنًا وجمالاً وقدًا واعتدالاً مثلهما.

فقال جعفر وقد استرجى رضا الخليفة:

- صدقت يا أمير المؤمنين.

فقال:

- يا جعفر، اطلع بنا على هذا الفرع الذي هو مقابلهم لنتفرج عليهم. فطلع الاثنان على الشجرة، ونظراهما، فسمعا الشيخ إبراهيم يقول:

- يا سيدتي قد تركت الوقار بشرب العقار، ولا يلذ ذلك إلا بنغمات الأوتار.

فقالت له أنيس الجليس:

- يا شيخ إبراهيم، والله لو كان عندي شيء من آلات الطرب، لكان سرورنا كاملاً..

فلما سمع الشيخ إبراهيم كلام الجارية، نهض قائمًا على قدميه، فقال الخليفة لجعفر:

- يا ترى ماذا يريد أن يعمل؟

فقال جعفر:

- لا أدري.

فغاب الشيخ إبراهيم، وعاد ومعه عودًا، فتأمله الخليفة فإذا هو عود إسحق النديم، فقال الخليفة:

- والله إن غنت الجارية ولم تحسن الغناء، صلبتكم كلكم. وإن غنت وأحسنت الغناء فإني أعفوا عنهم وأصلبك أنت.
فقال جعفر:
- اللهم اجعلها لا تحسن الغناء..
فقال الخليفة:
- لأي شيء؟
فقال:
- لأجل أن تصلبنا كلنا فيؤانس بعضنا بعضًا.
فضحك الخليفة. وإذا بالجارية أخذت العود وأصلحت أوتاره، وضربت ضربًا يذيب الحديد، ويفطن البليد وأخذت تنشد هذه الأبيات:

أضحى التنائي بديلاً من تدانينا     وناب عن طيب لقيانا تجافينا
بنتم وبنا فما ابتلت جوانحنا     شوقاً إليكم ولا جفت مآقينا
غيظ العدا من تساقينا الهوى فدعوا     بأن نغص فقال الدهر آمينا
ما الخوف أن تقتلونا في منازلنا     وإنما خوفنا أن تأثموا فينا

فقال الخليفة:
- والله يا جعفر عمري ما سمعت صوتًا مطربًا مثل هذا.
فقال جعفر:
- لعل الخليفة ذهب ما عنده من الغيظ؟
قال:
- نعم..
ثم نزل من الشجرة هو وجعفر ثم التفت إلى جعفر، وقال:
- أريد أن أطلع وأجلس عندهم، وأسمع الصبية تغني قدامي.
فقال:
- يا أمير المؤمنين، إذا طلعت عليهم ربما تكدروا، وأما الشيخ إبراهيم فإنه يموت من الخوف.
فقال الخليفة:
- يا جعفر لابد أن تعرفني حيلة أحتال بها على معرفة حقيقة هذا الأمر من غير أن يشعروا باطلاعنا عليهم.
ثم إن الخليفة هو وجعفر ذهبا إلى ناحية الدجلة وهما متفكران في هذا الأمر.. وإذا بصياد واقف يصطاد وكان الصياد تحت شبابيك القصر فرمى شبكته ليصطاد ما يقتات به.. وكان الخليفة في السابق قد صاح على الشيخ إبراهيم وقال له:

- ما هذا الصوت الذي سمعته تحت شبابيك القصر؟
فقال له الشيخ إبراهيم:
- صوت الصيادين الذين يصطادون السمك.
فقال:
- انزل وامنعهم من ذلك الموضع.
فامتنع الصيادون من ذلك الموضع، فلما كانت تلك الليلة جاء صياد يسمى كريمًا، ورأى باب البستان مفتوحًا، فقال في نفسه:
- هذا وقت غفلة لعلي أستغنم في هذا الوقت صيادًا ثم أخذ شبكته، وطرحها في البحر وصار ينشد هذه الأبيات:

يا راكب البحر في الأهوال والهلكة ... أقصر عناك فليس الرزق بالحركة
أما ترى البحر والصياد منتصب ... في ليلة ونجوم الليل محتبكة
قد مد أطنابه والموج يلطمه ... وعينه لم تزل في كلل الشبكة
حتى إذا بات مسروراً بها فرحاً ... والحوت قد حط في فخ الردى حنكه
وصاحب القصر أمسى فيه ليلته ... منعم البال في خير من البركة
وصار مستيقظاً من بعد قدرته ... لكن في ملكه ظبياً وقد ملكه
سبحان ربي يعطي ذا ويمنع ذا ... بعض يصيد وبعض يأكل السمكة

فلما فرغ من شعره وإذا بالخليفة وحده واقف بجانبه، فعرفه الخليفة فقال له:
- يا كريم..
فالتفت إليه لما سمعه سماه باسمه، فلما رأى الخليفة، ارتعدت فرائصه، وقال:
- والله يا أمير المؤمنين ما فعلته استهزاء بالمرسوم، ولكن الفقر والعيلة قد حملاني على ما ترى..
فقال الخليفة:
- اصطاد على بختي.
فتقدم الصياد وقد فرح فرحًا شديدًا، وطرح الشبكة، وصبر إلى أن أخذت حدها وثبتت في القرار، فطلع فيها من أنواع السمك ما لا يحصى، ففرح بذلك الخليفة، فقال:
- يا كريم اقلع ثيابك..
فقلع ثيابه وكانت عليه جبة فيها مائة رقعة من الصوف الخشن، وفيها من القمل الذي له أذناب ومن البراغيث ما يكاد أن يسير بها على وجه الأرض. وقلع عمامته من فوق رأسه وكان له ثلاث سنين ما حلها وإنما كان إذا رأى

خرقة لفها عليها. فلما قلع الجبة والعمامة، خلع الخليفة من فوق جسمه ثوبين من الحرير الإسكندراني والبعلبكي وملوطة وفرجية، ثم قال للصياد:

- خذ هذه والبسها.

ثم لبس الخليفة جبة الصياد وعمامته ووضع على وجهه لثامًا ثم قال للصياد:

- رح أنت إلى شغلك.

فقبل قدم الخليفة وأنشد هذين البيتين:

| أوليتني ما لا أقوم بشكره | وكفيتني كل الأمور بأسرها |
| فلأشكرنك ما حييت وإن أمت | شكرتك مني عظمي في قبرها |

فلما فرغ الصياد من شعره حتى جال القمل على جلد الخليفة فصار يقبض بيده اليمين والشمال من على رقبته ويرمي، ثم قال:

- يا صياد، ويلك ما هذا القمل الكثير في هذه الجبة؟

فقال:

- يا سيدي، أنه في هذه الساعة يؤلمك، فإذا مضت عليك جمعة فإنك لا تحس به ولا تفكر فيه.

فضحك الخليفة وقال له:

- ويلك كيف أخلي هذه الجبة على جسدي؟

فقال الصياد:

- إني أشتهي أن أقول لك كلامًا ولكن أستحي من هيبة الخليفة.

فقال له:

- قل ما عندك؟

فقال له:

- قد خطر ببالي يا أمير المؤمنين أنك إن أردت أن تتعلم الصيد لأجل أن تكون في يدك صنعة تنفعك فإن أردت ذلك يا أمير المؤمنين فإن هذه الجبة تناسبك..

فضحك الخليفة من كلام الصياد ثم ولى الصياد إلى حال سبيله، وأخذ الخليفة مقطف السمك.. ووضع فوقه قليلاً من الحشيش وأتى به إلى جعفر. ووقف بين يديه فاعتقد جعفر أنه كريم الصياد فخاف عليه من الخليفة وقال:

- يا كريم ما جاء بك هنا؟؟ انج بنفسك فإن الخليفة هنا في هذه الساعة.

فلما سمع الخليفة كلام جعفر، ضحك حتى استلقى على قفاه، فقال جعفر:

- لعلك مولانا أمير المؤمنين.

فقال الخليفة:

- نعم يا جعفر وأنت وزيري وجئت أنا وإياك هنا وما عرفتني. فكيف يعرفني الشيخ إبراهيم وهو سكران؟ فكن مكانك حتى أرجع إليك.

فقال جعفر:

- سمعًا وطاعة.

ثم إن الخليفة تقدم إلى باب القصر ودقه، فقام الشيخ إبراهيم وقال:

- من بالباب؟

فقال له:

- أنا يا شيخ إبراهيم.

قال له:

- من أنت؟

قال له:

- أنا كريم الصياد، وسمعت أن عندك أضيافًا، فجئت إليك بشيء من السمك، فإنه مليح.

وكان نور الدين هو والجارية يحبان السمك، فلما سمعا ذكر السمك، فرحا به فرحًا شديدًا، وقالا:

- يا سيدي، افتح له ودعه يدخل لنا عندك بالسمك الذي معه.

ففتح الشيخ إبراهيم، فدخل الخليفة وهو في صورة الصياد وابتدأ بالسلام، فقال له الشيخ إبراهيم:

- أهلا باللص السارق المقامر، تعال أرنا السمك الذي معك.

فأراهم إياه، فلما نظروه، فإذا هو حي يتحرك. فقالت الجارية:

- والله يا سيدي إن هذا السمك مليح يا ليته مقلي.

فقال الشيخ إبراهيم:

- والله صدقت.

ثم قال للخليفة:

- يا صياد، ليتك جئت بهذا السمك مقليًا، قم فاقله لنا وهاته.

فقال الخليفة:

- على الرأس.. أقليه وأجيء به.

فقال له:

- عجل بقليه والإتيان به..

فقام الخليفة يجري حتى وصل إلى جعفر. وقال:

- يا جعفر، طلبوا السمك مقليًا.

فقال:

- يا أمير المؤمنين، هاته وأنا أقليه.

فقال الخليفة:

- ورؤوس وأجدادي ما يقليه إلا أنا بيدي..

ثم إن الخليفة ذهب إلى خص الخولي، وفتش فيه فوجد فيه كل شيء يحتاج إليه من آلة القلي.. حتى الملح والزعتر وغير ذلك. فتقدم للكانون وعلق الطاجن وقلاه قليًا مليحًا، فلما استوى جعله على ورق الموز وأخذ من البستان ليمونًا، وطلع بالسمك ووضعه بين أيديهم، فتقدم الصبي والصبية والشيخ إبراهيم وأكلوا فلما فرغوا، غسلوا أيديهم فقال نور الدين:

- والله يا صياد إنك صنعت معنا معروفًا هذه الليلة.

ثم وضع يده في جيبه وأخرج له ثلاثة دنانير من الدنانير التي أعطاه إياها سنجر وقت خروجه للسفر. وقال:

- يا صياد، أعذرني، فوالله لو عرفتك قبل الذي حصل لي سابقًا، لكنت نزعت مرارة الفقر من قلبك، لكن خذ هذا بحسب الحال.

ثم رمى الدنانير للخليفة، فأخذها وقبلها ووضعها في جيبه، وما كان مراد الخليفة بذلك إلا السماع من الجارية وهي تغني. فقال الخليفة:

- أحسنت، وتفضلت لكن مرادي من تصدقاتك العميمة، أن هذه الجارية تغني لنا صوتًا حتى أسمعها.

فقال نور الدين:

- يا أنيس الجليس.

قالت:

- نعم..

قال:

- بحياتي أن تغني لنا شيئًا من شأن خاطر هذا الصياد، لأنه يريد أن يسمعك.

فلما سمعت كلام سيدها، أخذت العود وغمزته بعد أن فركت أذنه وأنشدت هذين البيتين:

وغادة لعبت بالعود أنملها       فعادت النفس عند الجس تختلس

قد أسمعت بالأغاني من به صمم       وقال احسنت مغنى من به خرس

ثم إنها ضربت ضربًا غريبًا إلى أن أذهلت العقول، فقال نور الدين للصياد:

- هل أعجبتك الجارية وتحريكها الأوتار؟

فقال الخليفة:

- أي والله.

فقال نور الدين:

- أعجبتك الجارية؟ فهي هبة مني إليك.. هبة كريم لا يرجع في عطائه.
ثم إن نور الدين نهض قائمًا على قدميه، وأخذ ملوطة ورماها على الخليفة وهو في صورة الصياد وأمره أن يخرج ويروح بالجارية.. فنظرت الجارية مندهشة، وقالت:
- يا سيدي، هل أنت رائح بلا وداع؟ إن كان ولابد، فقف حتى أودعك وأنشدت هذين البيتين:

لئن غيبتموا عني فإن محلكم لفي مهجتي بين الجوانح والحشا
وأرجو من الرحمن جمعًا لشملنا وذلك فضل الله يؤتيه من يشا

فلما فرغت من شعرها أجابها نور الدين وهو يقول:

ودعتني يوم الفراق وقالت وهي تبكي من لوعة وفراق
ما الذي أنت صانع بعد بعدي قلت قولي هذا لمن هو باقي

ثم إن الخليفة لما سمع ذلك، صعب عليه التفريق بينهما والتفت إلى الصبي وقال له:
- يا سيدي نور الدين، اشرح لي أمرك.
فأخبره نور الدين بحاله من أوله إلى آخره، فلما فهم الخليفة هذا الحال، قال له:
- أين تقصد في هذه الساعة؟
قال له:
- بلاد الله فسيحة.
فقال له الخليفة:
- أنا أكتب لك ورقة تذهب بها إلى السلطان محمد بن سليمان الزيني، فإذا قرأها، لا يضرك بشيء.
فقال له على نور الدين:
- وهل في الدنيا صياد يكاتب الملوك؟ إن هذا شيء لا يكون أبدًا.
فقال له الخليفة:
- صدقت، ولكن أنا أخبرك بالسبب. اعلم أني أنا قرأت أنا وإياه في كُتاب واحد عن نفس الفقيه، وكنت أنا عريفه.. ثم أدركته السعادة وصار سلطانًا، وجعلني الله صيادًا.. ولكن لم أرسل إليه في حاجة إلا قضاها، ولو أدخلت إليه في كل يوم من شأن ألف حاجة لقضاها.
فلما سمع نور الدين كلامه قال له:
- اكتب حتى أنظر فأخذ دواة وقلمًا، وكتب:

ـ بعد البسملة، أما بعد، فإن هذا الكتاب من هارون الرشيد بن المهدي إلى حضرة محمد بن سليمان الزيني المشمول بنعمتي الذي جعلته نائبًا عني في بعض مملكتي، أعرفك أن حامل إليك هذا الكتاب نور الدين بن خاقان الوزير، فساعة وصوله عندكم، تنزع نفسك من الملك وتجلسه مكانك. فإني قد وليته على ما كنت وليتك عليه سابقًا. فلا تخالف أمري والسلام.

ثم أعطى علي نور الدين بن خاقان الكتاب، فأخذه نور الدين وقرأه الكتاب، فإذا به يفطن أن من أمامه ليس بصياد، إنما هو أمير المؤمنين هارون الرشيد.

# الفصل الرابع

قَبل نور الدين الخطاب، ووضعه في عمامته، ونزل في نفس الوقت مسافرًا إلى بلاده، وتوجه إلى قصر السلطان. ثم صرخ صرخة عظيمة فسمعه السلطان فطلبه، فلما حضر بين يديه قبل الأرض قدامه، ثم أخرج الورقة وأعطاه إياها.. فلما رأى عنوان الكتاب بخط أمير المؤمنين، قام واقفًا على قدميه، وقبلها ثلاث مرات، وقال:

- السمع والطاعة لله تعالى ولأمير المؤمنين..

ثم أحضر القضاة الأربعة والأمراء وأراد أن يخلع نفسه من الملك، وإذا بالوزير المعين بن ساوي قد حضر، فأعطاه السلطان ورقة أمير المؤمنين. فلما قراها عن آخرها، أخذها في فمه ومضغها ورماها. فقال له السلطان في غضب:

- ويلك، ما الذي حملك على هذا الفعل؟

قال له:

- نور الدين هذا ما اجتمع بالخليفة ولا بوزيره، وإنما هو شيطان خبيث ومكار.. من المؤكد أنه رآى بالصدفة ورقة فيها خط الخليفة، فزورها وكتب فيها ما أراد.. فلأي شيء تعزل نفسك من السلطنة مع أن الخليفة لم يرسل إليك رسولاً بخط شريف. ولو كان هذا الأمر صحيحًا لأرسل معه حاجبًا أو وزيرًا، لكنه جاء وحده.

فقال السلطان:

- وكيف العمل؟

قال له الوزير:

- أرسل معي هذا الشاب، وأنا وأتسلمه منك وأرسله في صحبة حاجب إلى مدينة بغداد، فإن كان كلامه صحيحًا يأتينا بخط شريف، وإن كان غير صحيح، يرسلوه إلينا مع الحاجب، وأنا آخذ حقي من غريمي.

فلما سمع السلطان كلام الوزير، ودخل عقله صاح على الغلمان، فطرحوه وضربوه إلى أن أغمي عليه. ثم أمر أن يضعوا في رجليه قيدًا، وصاح على السجان فلما حضر قبل الأرض بين يديه وكان هذا السجان يقال له قطيط، فقال له:

- يا قطيط، أريد أن تأخذ هذا وترميه في مطمورة من المطامير التي عندك في السجن، وتعاقبه بالليل والنهار.

فقال له السجان:

- سمعًا وطاعة.

ثم أن السجان أدخل نور الدين في السجن وقفل عليه الباب ثم أمر بكنس مصطبة وراء الباب وفرشها بسجادة أو مخدة وأقعد نور الدين عليها وفك قيده وأحسن إليه. وكان السلطان كل يوم يرسل إلى السجان، ويأمر بضربه والسجان يظهر أنه يعاقبه. وهو يلاطفه. ولم يزل كذلك مدة أربعين يومًا.

فلما كان اليوم الحادي والأربعون، جاءت هدية من عند الخليفة فلما رآها السلطان أعجبته فشاور الوزراء في أمرها، فقال:

- لعل هذه الهدية كانت للسلطان الجديد؟

فقال الوزير المعين بن ساوي:

- لقد كان المناسب قتله وقت قدومه.

فقال السلطان:

- والله لقد ذكرتني به، انزل هاته واضرب عنقه.

فقال الوزير:

- سمعًا وطاعةً.

ثم قام الوزير وقال للسلطان:

- إن قصدي أن أنادي في المدينة من أراد أن يتفرج على ضرب رقبة نور الدين علي بن خاقان، فليأت إلى القصر فيأتي جميع الناس ليتفرجوا عليه، لأشفي فؤادي، وأكمد حسامي..

فقال له السلطان:

- افعل ما تريد..

فنزل الوزير وهو فرحان مسرور وأقبل على الوالي، وأمره أن ينادي بما ذكره، فلما سمع الناس المنادي، حزنوا وبكوا جميعًا حتى الصغار في المكاتب، والسوقة في دكاكينهم، وتسابق الناس يأخذون لهم أماكن ليتفرجوا فيها، وذهب بعض الناس إلى السجن حتى يأتون معه. ونزل الوزير ومعه عشرة مماليك إلى السجن، ثم إنهم نادوا على نور الدين:

- هذا أقل جزاء لمن يزور مكتوبًا على الخليفة إلى السلطان.

ولا زالوا يطوفون به في البصرة إلى أن أوقفوه تحت شباك القصر وجعلوه في منقع الدم. وتقدم إليه السياف، وقال له:

- أنا عبد مأمور، فإن كان لك حاجة فأخبرني بها حتى أقضيها لك. فإنه ما بقي من عمرك إلا قدر ما يخرج السلطان وجهه من الشباك..

فعند ذلك نظر يمينًا وشمالاً، وانشد هذه الأبيات:

فهل فيكم خل شفيق يعينني         سألتكم بالله رد جوابي

مضى الوقت من عمري وحانت منيتي        فهل راحم لي كي ينال ثوابي
وينظر في حالي ويكشف كربتي        بشربة ماء كي يهون عذابي

فتباكت الناس عليه وقام السياف وأخذ شربة ماء يناوله إياها، فنهض الوزير من مكانه وضرب قلة الماء بيده فكسرها، وصاح على السياف وأمره بضرب عنقه، فعند ذلك عصب عيني علي نور الدين، فصاح الناس على الوزير، وأقاموا عليه الصراخ وكثر بينهم القيل والقال.

وبينما هم كذلك وإذا بغبار قد علا وعجاج ملأ الجو والفلا. فلما نظر إليه السلطان وهو قاعد في القصر، قال:

- انظروا ما الخبر؟

فقال الوزير:

- حتى نضرب عنق هذا قبل.

فقال له السلطان:

- اصبر أنت حتى ننظر الخبر.

وكان ذلك الغبار غبار جعفر وزير الخليفة ومن معه، وكان السبب في مجيئهم أن الخليفة مكث ثلاثين يومًا لم يتذكر قصة علي نور الدين بن خاقان، ولم يذكرها له أحد إلى أن جاء ليلة من الليالي إلى مقصورة أنيس الجليس، فسمع بكاءها وهي تنشد بصوت رقيق قول الشاعر:

خيالك في التباعد والتداني        وذكرك لا يفارقه لساني

وتزايد بكاؤها وإذا قد فتح الباب ودخل المقصورة فرأى أنيس الجليس وهي تبكي، فلما رأت الخليفة وقعت على قدميه وقبلتهما ثلاث مرات، ثم أنشدت هذين البيتين:

أيا من زكا أصلاً وطاب ولادة        وأثمر غصنًا يانعًا وزكا جنسًا
أذكرك الوعد الذي سمت به        محاسنك الحسنا وحاشاك أن تنسى

فقال الخليفة:

- من أنت؟

قالت:

- أنا هدية نور الدين بن خاقان إليك، وأريد إنجاز الوعد الذي وعدتني به من أنك ترسلني إليه مع الشريف، والآن لي هنا ثلاثون يومًا، لم أذق طعم النوم.

فعند ذلك طلب الخليفة جعفر البرمكي، وقال:

- من مدة ثلاثين يومًا لم أسمع بخبر علي نور الدين بن خاقان، وما أظن إلا أن السلطان قتله. ولكن وحياة رأسي ورؤوس آبائي وأجدادي، إن كان جرى

له أمر مكروه لأهلكن من كان سببًا فيه ولو كان أعز الناس عندي. وأريدك أن تسافر أنت في هذه الساعة إلى البصرة، وتأتني بأخبار الملك محمد بن سليمان الزيني مع علي نور الدين بن خاقان.
فامتثل أمره وسافر، فلما أقبل جعفر نظر ذلك الهرج والمرج والازدحام، فقال الوزير جعفر:
- ما هذا الازدحام؟
فذكروا له ماهم فيه من أمر علي نور الدين بن خاقان. فلما سمع جعفر كلامهم أسرع بالطلوع إلى السلطان وسلم عليه وأعلمه بما جاء فيه وأنه إذا كان وقع لعلي نور الدين أمر مكروه فإن السلطان يهلك ما كان السبب في ذلك. ثم إنه قبض على السلطان والوزير المعين بن ساوي وأمر بإطلاق علي نور الدين بن خاقان. وأجلسه سلطانًا في مكان السلطان محمد بن سليمان الزيني. وقعد ثلاثة أيام في البصرة مدة الضيافة، فلما كان صبح اليوم الرابع التفت علي بن خاقان إلى جعفر وقال:
- إني اشتقت إلى رؤية أمير المؤمنين.
فقال جعفر للملك محمد بن سليمان:
- تجهز للسفر فإننا نصلي الصبح ونتوجه إلى بغداد..
فقال:
- السمع والطاعة..
ثم إنهم صلوا الصبح وركبوا جميعهم ومعهم الوزير المعين بن ساوي، وصار يتندم على فعله وأما علي نور الدين بن خاقان فإنه ركب بجانب جعفر. وما زالوا سائرين إلى أن وصلوا إلى بغداد دار السلام. وبعد ذلك دخلوا على الخليفة، فلما دخلوا عليه حكوا له قصة نور الدين فعند ذلك أقبل الخليفة على علي نور الدين بن خاقان، وقال له:
- خذ هذا السيف واضرب به رقبة عدوك.
فأخذه وتقدم إلى المعين بن ساوي فنظر إليه وقال:
- أنا عملت بمقتضى طبيعتي فاعمل أنت بمقتضى طبيعتك.
فرمى السيف من يده ونظر إلى الخليفة وقال:
- يا أمير المؤمنين إنه خدعني وأنشد قول الشاعر:

فخدعته بخديعة لما أتى    والحر يخدعه الكلام الطيب

فقال الخليفة:
- اتركه أنت.
ثم قال لمسرور:

- يا مسرور، قم أنت واضرب رقبته.

فقام مسرور وضرب رقبته فعند ذلك قال الخليفة لعلي بن خاقان:

- تمن علي.

فقال له:

- يا سيدي أنا ما لي حاجة بملك البصرة وما أريد إلا مشاهدة وجه حضرتك.

فقال الخليفة:

- حبًا وكرامة.

ثم إن الخليفة دعا بالجارية فحضرت بين يديه فأنعم عليهما وأعطاهما قصرًا من قصور بغداد ورتب لهما مرتبات، وجعله من ندمائه وما زال مقيمًا عنده إلى أن أدركه الممات.


النهاية.